Les Contes du diable

Jean-Claude Mourlevat est né en 1952 en Auvergne. Après avoir été professeur d'allemand, il s'est tourné vers le théâtre comme comédien et metteur en scène. Il a créé le personnage clownesque Guedoulde, qui l'a fait voyager dans le monde entier. Depuis, il vit à Saint-Étienne avec sa femme et ses deux enfants, et il se consacre entièrement à l'écriture. Il a publié de nombreux albums et romans pour la jeunesse aux éditions Mango, Pocket, Gallimard... Pour Bayard Jeunesse, il a notamment traduit les aventures de Jim Bouton.

Nicolas Debon est né en 1968 en Lorraine. Il a fait ses études aux Beaux-Arts de Nancy, puis a travaillé au ministère de la Culture à Lyon, avant de vivre pendant une dizaine d'années au Canada, où il a notamment été dessinateur de vitraux ! Illustrateur depuis 1998, il a publié de nombreux ouvrages nord-américains et français aux éditions Gallimard, Vilo et Bilboquet.

Dépôt légal : avril 2008
ISBN : 978-2-7470-2549-2
Loi du 16 juillet 1949 sur les publications destinées à la jeunesse.

Les billes du diable

Une histoire écrite par Jean-Claude Mourlevat
illustrée par Nicolas Debon

mes premiers j'aime lire
BAYARD POCHE

Chapitre 1

Une idée fixe

– Je veux aller en Australie ! dit Tonio en trempant une tartine de beurre dans son cacao.

Sa mère sourit :

– En Australie ! Mais c'est très loin, tu sais !

– C’est même à l’autre bout de la Terre ! ajoute son père.

– Tu es tombé sur la tête ! rigole sa grande sœur.

– Peut-être, dit Tonio, mais… je veux aller en Australie !

Et il croise les bras sur sa poitrine pour montrer qu’il est vraiment très décidé.

À l'école, ce matin-là, ils étudient la table de multiplication par 6, et il faut être très attentif. La maîtresse remarque que Tonio est distrait.

– Tu rêves, Tonio ? Qu'est-ce que je viens de dire ? Combien font 6 fois 7 ?

Tonio se tait.

– Combien font 6 fois 7 ? répète la maîtresse.

– Je veux aller en Australie ! répond seulement Tonio, et il ne dit plus un mot.

Au repas de midi, à la cantine, il ne touche pas à la saucisse-purée qui est pourtant son plat préféré.

– Tu n'as pas faim ? lui demandent ses amis.

– Je veux aller en Australie ! répond Tonio, et il repousse son assiette.

– Mange au moins ta pomme !

– Je n'ai pas faim…

Les jours suivants, ça ne s'arrange pas, bien au contraire : en classe, il refuse d'ouvrir son cartable et passe son temps à regarder dans le vide ou bien à compter ses doigts. Le mercredi, à la maison, il s'enferme dans sa chambre et n'en sort plus de la journée. De temps en temps, sa grande sœur vient écouter à la porte : elle n'entend rien, même pas de musique.

On emmène Tonio chez le médecin. C'est sa maman qui explique :

– Jusqu'à la semaine dernière, tout allait bien, docteur, et voilà que maintenant Tonio ne veut plus manger, ne veut plus parler, ne veut plus jouer, ne veut plus travailler, ne veut plus rien.

– Si, marmonne Tonio dans sa barbe, je veux aller en Australie.

– Pardon ? dit le docteur, qui n'a pas bien entendu.

– Il dit qu'il veut aller en Australie, répète sa maman, un peu gênée. C'est la seule chose qui l'intéresse.

– Ah bon ? fait le docteur, puis il l'ausculte sur toutes les coutures.

Tonio se laisse faire en silence. Ensuite, le docteur s'assoit à son bureau et réfléchit longuement.

– Alors ? demande la maman, qui s'impatiente.

– Eh bien, dit le docteur, je ne vois qu'une seule solution pour qu'il guérisse. Il faut…

– Il faut ? s'inquiète la maman.

– Il faut qu'il aille en Australie.

La maman ne comprend pas. Cette fois, c'est le docteur qui a perdu la boule !

Avant de les laisser repartir, le docteur pose à Tonio une question à laquelle personne n'avait encore songé :

– Au fait, Tonio, pourquoi veux-tu aller en Australie ? J'aimerais bien le savoir.

Tonio sourit, sort de sa poche une image et la montre au docteur :

– Je veux aller en Australie à cause de ça.

Les Billes du Diable (Australie).

Chapitre 2

L’image

« Ça », c’est une photographie que Tonio a trouvée voici un mois dans une tablette de chocolat. Elle représente d’énormes blocs de pierre tout ronds, aussi hauts que des maisons, et qui se détachent dans le ciel bleu. Et dessous, c’est écrit :

Les Billes du Diable. Australie.

Il y en a une en particulier, plus ronde encore que les autres. C'est sur celle-ci que Tonio veut monter. Absolument.

Pour l'escalader, aucune échelle n'est assez grande, pas même celle des pompiers.

Alors Tonio imagine qu'un oiseau le saisira par le fond de la culotte, le promènera un peu dans le grand ciel d'Australie, puis le déposera en douceur sur la boule. Il s'allongera dessus, à plat ventre, de tout son long. La pierre sera chaude et douce. Peut-être qu'il s'endormira.

Quand il en aura assez, il sifflera entre ses doigts et l'oiseau viendra le rechercher.

Ou bien il rêve qu'il deviendra géant. Il prendra les billes de pierre dans ses mains, et il les fera rouler, s'entrechoquer. Il jouera à la pétanque avec. Il jonglera. Et il les remettra ensuite chacune à sa place. Tout est possible sans doute quand on est là-bas.

Le soir, grande réunion de famille dans la chambre de Tonio. L'image passe de mains en mains.

– Il est bien gentil, ce docteur, soupire la maman, mais ce n'est pas lui qui paiera le billet !

– Il nous prend pour des millionnaires ! grogne le père.

– Il est toqué ! ricane la grande sœur.

– Je veux aller en Australie, dit Tonio.

Sa maman le prend par les épaules.

– Tonio, s'il te plaît... Sois raisonnable... Le billet d'avion coûte très cher...

– Je vendrai mes jouets...

– Quand tu les auras tous vendus, tu auras à peine de quoi aller à l'aéroport...

– Je travaillerai...

– Tonio ! Le billet coûte ce que ton papa gagne en six mois...

Elle en a les larmes aux yeux. Tonio baisse la tête. Il a compris :

– D'accord, maman, c'est fini, je serai raisonnable…

Il demande seulement qu'on lui donne une boîte à sucres vide. Il glisse l'image dans la boîte. Il y colle une étiquette sur laquelle il écrit avec soin :

Billes du diable. Australie.
Interdiquession d'ouvrire

Puis il va ranger la boîte au grenier.

Le lendemain matin, au petit déjeuner, il dit joyeusement bonjour à tout le monde.

– Hourrah ! s'écrie sa maman. Tonio est guéri !

– Sacré Tonio ! dit son père en lui ébouriffant les cheveux.

– Alors, monsieur Kangourou ? rigole sa sœur. C'est fini, l'Australie ?

Tonio rigole aussi.

À l'école, il lève sans cesse le doigt pour répondre.

– 6 fois 7 ? demande la maîtresse.

– 42 ! répond Tonio.

– 6 fois 8 ?

– 48 !

– Tonio est de retour parmi nous ! dit la maîtresse. Enfin !

À la cantine, il mange de bon appétit.

– Je croyais que tu n'aimais pas les épinards…, dit un copain.

– On a le droit de changer d'avis, répond Tonio.

Il n'est plus question d'Australie. Un mois plus tard, tout le monde a oublié.

Sauf Tonio.

Il a son idée. Et toute sa vie pour la réaliser…

Chapitre 3

Vingt ans après…

Les années ont passé. Beaucoup d'années. Tonio est grand maintenant. Il est marié. Il a une jolie femme et un gentil garçon qui s'appelle Jérémie. Son métier, c'est photographe, et sa spécialité, les paysages. Il parcourt le monde entier. Il photographie les pyramides d'Égypte et les chutes du Niagara, la muraille de Chine et le désert du Sahara.

Il n'y a qu'un seul pays où il n'est encore jamais allé. Et ce pays… c'est l'Australie.

Un après-midi de pluie, le petit Jérémie descend du grenier avec une vieille boîte à sucres dans les mains.

– Regarde, papa, ce que j'ai trouvé ! C'était à toi ?

– Oui, c'était à moi.

– Quand tu étais petit ?

– Oui, j'avais sept ans, comme toi aujourd'hui.

Sur la boîte, il est écrit :

L'encre a jauni. Les fautes d'orthographe sont toujours là.

– Je n'ai pas le droit de regarder dedans ? demande Jérémie.

– Si, tu as le droit, toi. Ouvre.

Dans la boîte, il y a une image.

– Elle est jolie, dit Jérémie. Pourquoi est-ce que tu l'avais gardée ?

– Je voulais aller là-bas, en Australie.

– Et tu y es allé ?

– Non.

– Pourquoi ?

– Je n'avais pas assez d'argent.

– Et maintenant, tu en aurais assez ?

– Oui…

– Et tu n'y vas pas ?

– Non…

Tous les petits garçons du monde auraient posé à ce moment-là une seule question, et cette question c'est bien sûr : pourquoi ?

Jérémie ne la pose pas. Il demande seulement s'il peut garder l'image.

Le lendemain, il dit à son père, en montrant la plus ronde des boules de pierre :

– Ça donne envie de monter dessus, mais c'est sûrement impossible, même avec une échelle de pompier.

Quelques jours plus tard, il ajoute :

– Il faudrait qu'un oiseau m'attrape avec son bec par le fond de la culotte et me dépose là-haut…

Et une autre fois :

– Si j'étais un géant, je pourrais les prendre dans mes mains comme des boules de pétanque, je pourrais jongler avec…

Tonio se contente de sourire et d'écouter. Mais un soir, au moment de s'endormir, Jérémie bredouille :

– Papa, je voudrais… je voudrais voir ces billes du diable… j'en ai tellement envie…

Son père ne dit toujours rien. Alors Jérémie lui prend les mains :

– Papa, s'il te plaît… je veux… je veux aller en Australie !

Tonio le regarde tendrement :

– Tu veux aller en Australie ? Eh bien, allons-y !

Des romans pour les lecteurs débutants

Édition

Réfléchir et comprendre la vie de tous les jours

Rire et sourire avec des personnages insolites

Se faire peur et frissonner de plaisir

Rêver et voyager dans des univers fabuleux

Se lancer dans des aventures pleines de rebondissements

mes premiers j'aime lire **Lire est un jeu d'enfant !**

Presse

Mes premiers J'aime lire, un magazine **spécialement conçu pour accompagner les enfants du CP et du CE1** dans leur apprentissage de la lecture

Un rendez-vous mensuel avec **plusieurs formes et niveaux de lecture :**

- une histoire courte
- un vrai petit roman illustré inédit
- des jeux et la BD Martin Matin

Avec un **CD audio** pour faciliter l'entrée dans l'écrit.

Chaque mois, les **progrès de lecture de l'enfant sont valorisés**, du déchiffrage d'une consigne de jeux à la fierté de lire son premier roman tout seul.

Réalisé en collaboration avec des orthophonistes et des enseignants.

Pour en savoir plus : www.mespremiersjaimelire.com

J'AIME LIRE 100% lecteurs !

Presse

7-10 ANS

Le magazine *J'aime lire* accompagne les enfants dans des **grands moments de lecture**

Une année de *J'aime lire*, c'est :

- 12 romans de genres toujours différents : vie quotidienne, merveilleux, énigme...

- **Des romans créés pour des enfants d'aujourd'hui** par les meilleurs auteurs et illustrateurs jeunesse.

- Un confort de lecture très étudié pour faciliter l'entrée dans l'écrit : place de l'illustration, longueur du roman, structuration par chapitres, typographie adaptée aux jeunes lecteurs.

Chaque mois : un roman illustré inédit, 16 pages de BD, et des jeux pour découvrir le plaisir de jouer avec les mots.

Chapitre 1

Maître du monde

J'ai toujours aimé la magie. Et si j'avais été magicien, j'aurais commandé : « Abracadabra ! Faites que lundi, il n'y ait pas de rentrée des classes ! »

Cette rentrée, je ne la sentais pas bien du tout.

6 7

Pour en savoir plus : www.jaimelire.com

Achevé d'imprimer en mars 2008 par Oberthur
35000 RENNES - N° Impression : 8437
Imprimé en France